ÉLOGE

DE

E.-J.-B. BOUILLON-LAGRANGE,

DIRECTEUR DE L'ÉCOLE DE PHARMACIE DE PARIS,

Par M. Henri BUIGNET.

Prononcé le 6 novembre 1844,

À LA SÉANCE DE RENTRÉE

DE L'ÉCOLE DE PHARMACIE DE PARIS.

PARIS. — DÉCEMBRE 1844.

ÉLOGE

DE

E.-J.-B. BOUILLON-LAGRANGE,

DIRECTEUR DE L'ÉCOLE DE PHARMACIE DE PARIS,
DOCTEUR EN MÉDECINE, DOCTEUR ÈS SCIENCES, MEMBRE
DE L'ACADÉMIE DE MÉDECINE, ETC.,

Prononcé le 6 novembre 1844,

A LA SÉANCE DE RENTRÉE

DE L'ÉCOLE DE PHARMACIE DE PARIS,

Par M. Henri BUIGNET,

PHARMACIEN,
PROFESSEUR AGRÉGÉ A L'ÉCOLE DE PHARMACIE DE PARIS.

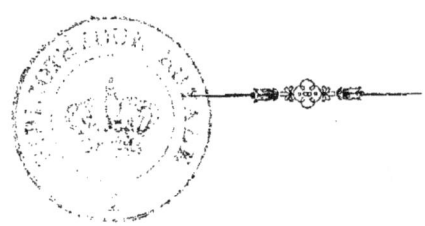

PARIS.

IMPRIMERIE DE FAIN ET THUNOT,

RUE RACINE, Nº 28, PRÈS DE L'ODÉON.

DÉCEMBRE 1844.

1844

ÉLOGE

DE

E.-J.-B. BOUILLON-LAGRANGE,

DIRECTEUR DE L'ÉCOLE DE PHARMACIE,

Prononcé le **6 novembre 1844**,

A LA SÉANCE DE RENTRÉE

DE L'ÉCOLE DE PHARMACIE DE PARIS,

PAR M. HENRI **BUIGNET**.

—————•०००•—————

MESSIEURS,

Au milieu de cette enceinte où se trouve réuni tout ce qui forme la gloire et l'espérance de notre profession, nos yeux cherchent en vain l'homme en qui semblaient se personnifier ses plus riches et ses plus anciens souvenirs ; le savant paisible qui avait vieilli dans cette École, et dont il semblait que nous ne dussions jamais être séparés.

Pelletier et Robiquet ! noms si chers à la science chimique et à la pharmacie ! n'était-ce point assez que ces quatre dernières années vous eussent enlevés au respect et à l'affection de vos collègues ? Fallait-il que votre maître et le nôtre, le vénérable chef de cette École, pour qui le poids des ans semblait léger encore, allât vous rejoindre si tôt !

Souffrez du moins qu'il assiste une fois encore à nos séances, lui qui semblait en rehausser l'éclat par l'ancienneté même de ses services : souvenir vivant d'une mémorable époque, et qui semblait confondre au milieu de nous la gloire des temps passés et l'espérance de la génération qui s'élève. Souffrez que je le

représente à vos souvenirs, et que, vous retraçant l'analyse ra-
pide de ses travaux, je vous montre avec quel zèle, avec quelle
ardeur, et souvent, j'ose le dire, avec quel succès, il a contri-
bué au progrès des sciences que nous cultivons.

Edme-Jean-Baptiste Bouillon-Lagrange naquit à Paris le
12 juillet 1764. Son père, alors archiviste de la maison d'Or-
léans, le fit élever au Palais-Royal, où il partagea souvent les
jeux du jeune duc de Chartres, aujourd'hui roi des Français.

Son enfance n'eut rien d'extraordinaire. Point de ces éclairs
d'une imagination ardente, point de ces efforts de mémoire qui
étonnent et font naître l'idée d'un prodige, annonçant beaucoup
pour le présent, promettant davantage pour l'avenir et ne lais-
sant le plus souvent que des espérances trompées.

A l'âge de douze ans, il fut reçu au collége Mazarin. Là, il fit
ses humanités sous d'excellents maîtres qui, charmés de trouver
en lui les plus heureuses dispositions, s'attachèrent à les cultiver. Il ne reste, il est vrai, que peu de vestiges de cette époque
de sa vie, mais la pureté et l'élégance de son style, l'érudition
agréable répandue dans ses écrits, l'époque brillante de son dé-
but dans la carrière des sciences, toutes ces circonstances font
présumer que le cours ordinaire de ses études finit de bonne
heure et avec beaucoup de distinction.

Ses humanités achevées, il dut prendre une profession. Mais,
en quittant cette enceinte d'où l'on avait vu sortir tant de vertus
et de lumières, où Lavoisier lui-même était venu puiser le goût
des études sérieuses, Bouillon-Lagrange emportait le germe d'un
amour de la science qui n'attendait, pour se développer, que
le moment et les circonstances.

Parmi les nombreux amis qu'il voyait souvent chez son père,
il avait remarqué trois hommes dont le mérite était générale-
ment reconnu : c'étaient Desault, Rouelle et de Machy. Quoi-
qu'ils fussent arrivés à la célébrité par des chemins différents,
chacun d'eux se plaisait à reconnaître dans le jeune adepte les
dispositions de son art et voulait l'entraîner à son école. De son
côté, le jeune Bouillon-Lagrange admirait la profondeur d'esprit
de ces trois hommes, et, dans son ardeur juvénile pour tout ce
qui touchait aux sciences, il eût voulu les suivre tous les trois.
Mais qui peut se flatter de cultiver avec un égal succès la méde-

cine, la chimie, la pharmacie? Quel esprit si vaste peut conduire de front des genres d'étude, je ne dirai pas incompatibles, mais exclusifs au moins pour qui veut les approfondir? Eut-il cette prétention cependant, et pensa-t-il jamais à résumer en lui seul le talent de ces trois hommes? C'est ce qu'aucun de nous ne saurait affirmer raisonnablement. Quoi qu'il en soit, Bouillon-Lagrange avait peu de fortune, et si la chimie devait pourvoir à la considération future, il fallait une profession qui pourvût aux nécessités présentes. Cette sage réflexion le décida en faveur de Desault. Il suivit d'abord ses leçons avec assiduité, et ne tarda pas à faire des progrès rapides dans l'art de guérir. Mais bientôt, la nature reprenant son empire, il se sentit ramené vers la chimie, et dans un de ses plus zélés néophytes, l'illustre médecin vit bientôt un transfuge.

Le voilà donc entraîné comme malgré lui. Il abandonne une profession lucrative et honorable pour s'élancer dans une carrière qui n'offre guère que la gloire en perspective. Mais qu'importe. Le sort en est jeté, et le penchant qui l'entraîne est irrésistible. Il étudie la chimie du temps, il court aux leçons des plus grands maîtres, et quelles leçons, Messieurs!

C'était l'époque à jamais glorieuse où la grande erreur de Beccher et de Stahl se débattait sous les coups répétés de ce hardi novateur qui devait bientôt régénérer la chimie. Autour de la renommée croissante de Lavoisier venaient se grouper des hommes tels que Guyton, Darcet, Berthollet surtout, longtemps l'adversaire habile, mais devenu déjà l'un des plus puissants défenseurs de la théorie nouvelle. Entre les mains de ces grands hommes, les idées fécondes de Mayow et de Blacke sur la chimie des gaz, les expériences de Jean Rey, de Bayen, de Tillet, sur l'augmentation de poids des métaux pendant la calcination, avaient grandi et porté leur fruit. Combien étaient loin alors toutes ces rêveries déplorables, toutes ces aberrations qui avaient servi comme de langes à l'enfance si longue de la chimie! Combien était éloignée l'époque où cette science, astreinte à des lois plus sévères par la haute raison et le profond savoir de Lemery, et réunie en corps de doctrine par le génie de Stahl, ignorait encore l'influence des principales forces physiques et marchait en aveugle dans le chemin des faits et des expériences!

Engagée dans une voie nouvelle et plus sûre, elle ne s'avançait plus qu'appuyée sur la balance et pouvait presque déjà, comme les mathématiques elles-mêmes, se proclamer une vérité.

En la voyant si belle et si digne de son culte, on conçoit sans peine que Bouillon-Lagrange ait été séduit comme tant d'autres, et qu'il ait négligé pour elle jusqu'au soin de son avenir. Cependant, à l'exemple de Rouelle, il voulut passer ses examens de pharmacien, et, après quelque temps d'un travail assidu que ses connaissances en chimie lui rendaient plus facile, il fut admis à les passer avant l'âge. Pour justifier une faveur si rare, il sut soutenir ses épreuves non-seulement avec succès, mais je dirai même avec honneur : chacune d'elles fut pour lui une nouvelle occasion de faire admirer l'étendue de ses connaissances et la singulière solidité de son esprit.

Rassuré sur ce point, il se remit avec plus d'ardeur à son étude favorite. Mais, pour la cultiver avec quelque chance de succès, il fallait se mettre en rapport avec les savants de l'époque, et le meilleur moyen d'y parvenir était de leur parler le langage de la science.

Paris s'honorait alors d'un grand nombre de professeurs et d'hommes distingués dont le savoir et l'éloquence donnaient à la chimie un éclat qu'elle n'avait nulle part ailleurs dans le monde savant. On voyait briller au milieu d'eux Fourcroy, homme d'un esprit supérieur et professeur d'un talent si rare, que la chimie prenait dans ses leçons tout le charme et tout l'éclat d'un sujet littéraire. A côté de lui Vauquelin, son digne collaborateur, génie pratique non moins remarquable, déployait dans l'art des expériences autant d'habileté et de savoir que Fourcroy mettait d'élégance à les décrire.

Élève assidu de ces grands maîtres, Bouillon-Lragrange n'aspirait qu'à l'honneur d'être admis dans leur glorieuse intimité et il dut mettre toutes les circonstances à profit pour y parvenir.

C'était en l'année 1786, époque mémorable ainsi que nous l'avons dit, où Lavoisier, après avoir consacré 15 ans de veilles et de travaux à établir sa théorie nouvelle, parvenait enfin à la produire dans tout son éclat. Malgré les bases solides sur lesquelles il avait pris soin de l'établir, elle éprouvait encore la résistance d'un grand nombre de savants, tant il est vrai que les plus grandes vérités exigent toujours de longues années pour être admises dans les sciences.

Cependant, tandis que Fourcroy, comme beaucoup de chimistes contemporains, doutait encore des bases de cette théorie et hésitait à la produire exclusivement dans ses cours, le jeune Bouillon-Lagrange, par une résolution dont il faut faire honneur autant à sa sagacité qu'à sa jeunesse peut-être, qui le mettait à l'abri des vieilles préventions, l'adoptait déjà dans tout son ensemble et la proclamait en toute occasion. Dans les discussions qu'il avait soin de provoquer à la fin des cours, il amenait toujours Fourcroy sur le terrain de la chimie pneumatique, et toujours aussi, il se faisait le défenseur zélé de la nouvelle doctrine.

Lorsque, l'année suivante, l'illustre professeur donna à la théorie de Lavoisier une sanction tardive, mais éclatante, il se rappela son jeune disciple. Il avait eu occasion de remarquer son ardeur pour les sciences; il lui ouvrit son laboratoire et bientôt son élève devint son ami.

Cette honorable liaison ne devait pas demeurer stérile pour Bouillon-Lagrange; nommé bientôt après professeur à l'ancien collège de pharmacie, il eut à cœur de justifier cette nouvelle faveur par des travaux utiles, et il ne tarda pas à enrichir les journaux scientifiques de ses recherches et de ses observations.

Une idée féconde qu'il nourrissait depuis longtemps, était l'examen chimique des médicaments. Dans ses études médicales, il avait été frappé de l'incertitude qui régnait dans leur emploi, et il l'était plus encore de la manière fâcheuse dont cette ignorance coïncidait avec un usage en quelque sorte empirique de la matière médicale. La plupart des auteurs exaltaient outre mesure la vertu des médicaments : chaque substance était un remède universel, une panacée souveraine, et cependant on ignorait leur nature, rien n'avait été tenté pour éclairer les praticiens à cet égard.

Pénétré des abus que cette fâcheuse circonstance doit entraîner, il se met à l'œuvre pour les réformer ou les prévenir, et en 1790, il publie dans le journal de physique de Delamétherie une analyse de la laitue et du colchique d'automne. Certes, Messieurs, je ne veux pas donner à ce travail plus d'importance qu'il n'en mérite. Les procédés d'analyse, et surtout d'analyse organique, étaient alors si imparfaits, qu'il n'y avait que bien peu de chose à recueillir des expériences. Mais permettez du moins que j'insiste sur l'idée fondamentale qui les a dirigées, sur la manière tout à la fois ingénieuse et élégante avec laquelle il expose ses vues et indique son sujet : « Un médicament, dit-il, est une » machine que l'on ne peut bien connaître que lorsqu'on la dé-» fait pour examiner toutes les pièces qui la composent. Pour en » rendre l'usage plus sûr et plus certain, il faut démonter toutes » ces pièces et les examiner à leur tour. » C'est là, Messieurs, son idée dominante, l'idée qu'il possédait depuis longtemps, sur laquelle se sont appuyés dans la suite la plupart de ses travaux en chimie, et vous voyez qu'il y a été conduit par les réflexions les plus sages sur la médecine de l'époque.

Tel était, en 1792, l'état de ses recherches et la direction de ses idées, lorsque le cours de ses travaux se trouva tout à coup interrompu.

A peine la révolution chimique opérée par Lavoisier venait-elle d'être reconnue et proclamée par tous les chimistes de la France et de l'Europe qu'une révolution formidable s'accomplissait sur une plus vaste scène. Les grandes idées qui devaient bientôt remuer le monde, venaient d'éclater au sein de la société française, et comme il n'est donné aux nations d'arriver à reconstruire le vieil édifice social qu'en passant par la démolition et les ruines, ces nobles et généreuses idées n'enfantèrent tout d'abord que la confusion et le désordre.

Demander pourquoi Bouillon-Lagrange, savant modeste, occupé de travaux paisibles, se trouva mêlé à la tourmente révolutionnaire, c'est demander pourquoi elle emporta dans son cours tant d'hommes que leurs vertus, leur sagesse, leur modération, leur patriotisme semblaient devoir mettre à l'abri de la fureur des partis. C'est qu'en effet là où Lavoisier perdit sa tête, Bouillon-Lagrange devait risquer la sienne. Ami sincère d'une sage liberté, c'est sa loyauté même et sa modération qui le rendirent suspect, et il fut sur le point d'être arrêté. Heureusement, parmi les membres du club révolutionnaire, se trouvait un homme à la famille duquel il avait donné des soins. Cet homme le prévint à temps du danger qui le menaçait, et il eut le bonheur de s'y soustraire par la fuite. Vingt jours après, le jugement qui le condamnait fut annulé, et il fut rendu à sa famille, à ses amis et à la science.

Chose étrange ! Cet homme qui tout à l'heure était un objet de persécution, je dirai presque de haine pour ses concitoyens, obtient maintenant tous les honneurs des fonctions publiques. Nommé pharmacien major des armées, il fait, en cette qualité la campagne de Vendée, où il donne des preuves fréquentes de son dévouement et de ses lumières. De retour à Paris, il obtient bientôt la place d'essayeur chimiste à l'agence des poudres et salpêtres, et plus tard enfin nous le retrouvons à l'École polytechnique, où il remplit les fonctions importantes de chef des travaux chimiques de cette institution.

Rien n'était plus convenable à son penchant et à la nature de son esprit qu'une place qui lui donnait occasion de s'instruire et d'instruire les autres. Aussi, le voyons-nous déployer plus d'activité que jamais et se multiplier en quelque sorte par la variété de ses occupations. Les fonctions de préparateur général n'étaient pas alors aussi simples qu'elles le sont aujourd'hui. Indépendamment des manipulations et travaux de laboratoire qu'elles nécessitaient, celui qui en était investi était encore chargé du cours de chimie pratique, et cumulait ainsi les fonctions de directeur de laboratoire et de répétiteur de chimie. Il résultait de cet arrangement la meilleure combinaison peut-être qu'il soit possible d'imaginer pour l'enseignement de cette science. Les élèves qui, le matin, recevaient ses conseils au laboratoire, se réunissaient à son cours dans la journée, et le même homme dont ils avaient reçu les enseignements pratiques, leur développait plus sensiblement dans la chaire les raisons de ses expériences, fortifiant ainsi les préceptes par les exemples, et les exemples par les préceptes.

Quoique cette place si honorable et si conforme à ses goûts l'astreignît à des occupations nombreuses, Bouillon-Lagrange ne s'en livrait pas moins à des travaux particuliers sur les sciences. Son goût pour le professorat puisait une nouvelle force dans le succès même de son enseignement, et son esprit, à mesure que se multipliaient ses relations, n'en prenait que plus de force et d'étendue. Le désir de rendre service aux jeunes gens confiés à ses soins lui fit concevoir une pensée utile : tout en reconnaissant l'avantage du mode adopté pour l'instruction des élèves, il sentit de quel prix serait pour eux un ouvrage où ils pourraient retrouver, dans leurs moments de loisirs, la description des appareils employés dans les expériences. Le *Système des connaissances chimiques*, ouvrage admirable de profondeur et d'étendue, ne présentait ni la méthode, ni la simplicité qui conviennent à des commençants. Il fallait un précis dont le langage, moins orné, fût mieux approprié à l'intelligence des élèves; qui, présentant avec fidélité le dessin des appareils, pût parler aux yeux tout en parlant à l'esprit, et c'est dans cette vue qu'il composa son *Manuel de chimie*. Pensée heureuse, Messieurs, qui coûta bien des veilles à son auteur, mais dont il fut bien dédommagé par le brillant succès qui l'accueillit! Ce manuel, en effet, qui devint le guide presque exclusif des commençants, obtint les honneurs de cinq éditions successives, et c'est cette méthode, cette précision qu'il sut introduire dans l'exposé de la science, que nous sommes si heureux de retrouver aujourd'hui dans le modèle de nos ouvrages classiques, dans le *Traité de chimie* de M. Thénard.

La place importante qu'il remplissait à l'École polytechnique devint pour lui l'origine d'une distinction qui fut tout à la fois une justice et un hommage rendus à son talent. L'homme dont le génie devait porter si loin et si haut la gloire de nos armes, et qui ne semblait lui-même étranger à aucun genre d'illustration, Napoléon venait de surgir du sein de nos discordes civiles; et, comme son instinct le poussait à s'approprier tout ce qui peut ajouter au pouvoir de l'homme, il conçut l'idée de se faire initier à la science par les plus grands maîtres. Berthollet fut chargé de lui enseigner la chimie: Berthollet, que ses travaux et son mérite plaçaient au premier rang parmi les savants de l'époque, Berthollet, dont la simplicité et le génie n'avaient pas échappé à la pénétration du futur conquérant de l'Égypte. Mais il fallait aussi un aide, ou, pour mieux dire, un démonstrateur. Et, pour paraître avec quelque chance de succès devant un tel auditeur, il fallait un homme vif et adroit, un homme accoutumé aux expériences et aux démonstrations, un homme enfin prompt à l'action et à la parole. Qui pouvait mieux convenir que Bouillon-Lagrange? qui pouvait mieux remplir ces conditions que celui qui, tous les jours, donnait des preuves de son habileté dans ce double emploi? Berthollet le comprit, et lui confia sans hésiter cette importante mission. Ai-je besoin de dire qu'il justifia ses prévisions, qu'il alla même jusqu'à les dépasser? Et lorsque plus tard, l'empereur Napoléon, parvenu à l'apogée de sa gloire, voulut honorer les sciences, comme il avait honoré les lettres, comme il honorait tous les genres d'illustrations qui pouvaient rehausser l'éclat de la sienne, il se rappela le modeste préparateur de Berthollet; et, songeant à acquitter auprès de lui la dette du général Bonaparte, il l'attacha bientôt à sa personne en qualité de pharmacien militaire.

Nous touchons, Messieurs, à une nouvelle époque de la vie de Bouillon-Lagrange. Nous sommes en l'an V de la république, et, quoique à peine âgé de 33 ans, vous savez maintenant si sa carrière a été remplie. Il a traversé les temps si difficiles de la révolution française. Il a occupé des places importantes et nombreuses. Il a fait marcher de front des occupations variées et infinies, mais, grâce à son activité qui ne lui a jamais fait défaut, il s'est toujours montré supérieur à sa position. Enfin, en l'an V, il est nommé professeur de chimie à l'école de pharmacie, et, dès ce moment, tout change pour lui. A cette vie toujours agitée, toujours orageuse, viennent succéder les travaux paisibles de l'enseignement, et le calme du laboratoire. Il semble enfin se complaire dans cet état de repos, et, en effet, c'est dans l'établissement de l'école de pharmacie que nous le retrouvons désormais jusqu'à sa mort, c'est-à-dire pendant près de 50 ans.

C'est à partir de l'an V que nous voyons paraître cette longue suite de mémoires dont il enrichit successivement les recueils scientifiques de l'époque. Le *Journal de la société des pharmaciens*, dont il était secrétaire; les *Annales de chimie*, dont il devint un des rédacteurs; enfin le *Journal de pharmacie* lui-même sont tour à tour remplis de ses recherches et de ses observations.

C'est surtout dans ses rapports avec la médecine et la pharmacie que la chimie lui paraissait plus digne de ses préoccupations: aussi s'attacha-t-il surtout à l'examen chimique des médicaments, le rêve favori de ses premières années. Il entreprit et publia successivement l'analyse d'une foule de substances employées en médecine, telles que: le styrax, le séné, l'ambre gris, la scammonée, l'aloès, le safran. Je sais que ces analyses sont loin de présenter la perfection qu'on réclame aujourd'hui, et la plupart d'entre elles sont même complétement ignorées de la génération présente. Mais faut-il que j'insiste sur cette malheureuse tendance de notre époque à ensevelir dans l'oubli les travaux de nos premiers maîtres? Faut-il que je rappelle cette pensée si vraie et si bien exprimée par un de nos professeurs : « Que nous oublions trop souvent ceux qui ont arrosé de leurs » sueurs cette terre jadis ingrate où nous moissonnons aujour- » d'hui à pleines mains? »

Lisez ces analyses, Messieurs, et vous serez frappés comme moi de l'esprit d'ordre, de la méthode qui les a dirigées. Avant d'essayer une substance, il a toujours soin de la bien définir, et ce n'est qu'après avoir donné son signalement, qu'il épuise sur elle toutes les ressources de la physique et de la chimie. La physique a d'abord son tour : à l'aide du barreau aimanté, il reconnaît la présence du fer dans le castoréum. Une sage observation du thermomètre lui dévoile l'action vive qui s'exerce entre la potasse et le sucre de lait.

Mais c'est surtout dans l'emploi des dissolvants, qu'il se montre judicieux et habile. L'eau, l'alcool, l'éther, les huiles, les solutions salines elles-mêmes sont tour à tour employés avec succès, et deviennent entre ses mains de précieux moyens de séparation. J'insiste, Messieurs, sur cette méthode d'analyse par les dissolvants ; car elle est tout entière du domaine de la pharmacie. C'est à elle que la chimie organique est redevable de tous ces corps nouveaux dont elle s'est trouvée enrichie dans ces dernières années, et parmi lesquels on trouve, tout comme dans la chimie minérale, des corps acides, des corps neutres et de véritables alcalis. Nier l'importance de cette méthode, ce serait méconnaître la base fondamentale de la chimie organique, et, à cet égard, nous devons des éloges à Bouillon-Lagrange d'avoir agrandi la voie que Scheèle avait si glorieusement ouverte, et que plus tard, Pelletier et Caventou devaient si heureusement parcourir.

Ce ne sont pas là les seuls services qu'il ait rendus à la science.

En faisant agir l'acide nitrique sur le liége, Brugnatelli avait remarqué la production d'un acide dont on ignorait la nature.

La plupart des chimistes le regardaient comme de l'acide oxalique. Bouillon-Lagrange leva tous les doutes en montrant qu'il ne ressemblait à aucun des acides connus. C'était donc un acide nouveau, et il prit le nom d'acide subérique.

Deux mois plus tard, il étudie le camphre, et confirme par l'expérience les résultats annoncés par Kosegarten sur l'acide camphorique. Et, comme aucun fait ne doit rester stérile entre ses mains, il donne un procédé fort ingénieux pour opérer à l'aide de la chaleur la décomposition du camphre, ou pour mieux dire son dédoublement. C'est l'argile, ou plus simplement l'alumine, qu'il emploie comme intermède. Enveloppées de toutes parts par cette matière éminemment fixe, les molécules de camphre atteignent un degré de chaleur plus élevé que celui qui convient à leur libre expansion, et c'est dans cette nouvelle condition de température qu'il les voit se dédoubler en carbone qui reste mêlé à l'alumine, et en huile volatile liquide qu'il recueille à la distillation.

En 1803, il donne, pour préparer le muriate de baryte, un procédé fort singulier, qui consiste à chauffer dans un creuset le sulfate de cette base et le muriate calcaire. Qui l'aurait cru? le sulfate de baryte dont les éléments sont maintenus par une si puissante affinité, ce sel qu'aucun degré de chaleur ne décompose, qu'aucune proportion d'eau ne peut dissoudre, à l'aide du muriate calcaire et de la chaleur, on parvenait à en dissocier les éléments. Et quelle sensation ne dut pas exciter parmi les savants un fait si singulier qui semblait en opposition avec une des lois les plus certaines de la chimie, la loi des doubles décompositions de Berthollet? Et cependant, Messieurs, donnons à cette loi toute son étendue, au lieu de la restreindre à la solubilité des sels, étendons-la à leur fusibilité, à leur volatilité relative, et le fait annoncé par Bouillon-Lagrange vient alors la confirmer de la manière la plus éclatante. Ici, le muriate de baryte et le sulfate calcaire, sont plus fusibles que les deux sels employés, ils doivent donc se former et ils se forment en effet. Changez les conditions, et ces deux sels qui viennent de se former par l'action de la chaleur, placez-les au sein de l'eau, et vous voyez bientôt se former un nouvel échange sans que la loi de Berthollet en reçoive aucune atteinte. Ainsi les circonstances font varier l'action réciproque des sels ; et c'est ce que montrait le travail de Bouillon-Lagrange.

Toujours habile à tirer parti de toutes les circonstances, il signale plus d'un fait nouveau, redresse plus d'une erreur. Le caractère acide du tannin était encore l'objet d'un doute : il montre et décrit ses combinaisons avec les bases ; la composition élémentaire de l'acide gallique était méconnue : Deyeux n'y avait trouvé que du carbone et de l'oxygène ; Berthollet n'y avait vu que du carbone et de l'acide carbonique. Il montre que cet acide renferme réellement les trois éléments qu'on y admet aujourd'hui, et il fait, pour y arriver, cette observation importante que l'hydrogène ne manifeste sa propriété inflammable au sein de l'acide carbonique, que lorsque ce dernier gaz est complétement absorbé par un alcali.

En continuant la série de ses recherches, nous trouvons en 1804, un mémoire sur l'examen chimique de l'écorce de saule, et de la racine de benoite, dans lequel l'auteur s'élève aux plus importantes considérations. Frappé des inconvénients qu'entraîne chaque jour l'emploi des médicaments exotiques, il ne tend à rien moins qu'à en affranchir la médecine. Il ne veut plus qu'on tire du dehors des médicaments qu'on doit avoir sous la main. Eh quoi ! la France ne peut-elle pas se suffire à elle-même, et sommes-nous donc si disgraciés qu'il faille chercher ailleurs le remède aux maux qui nous affligent ? Connaissons mieux ses richesses ; étudions les végétaux qu'elle produit, et scrutons jusqu'aux dernières limites de leur organisation. Il est plus d'un trésor caché qui ne se découvre qu'à force de zèle et de persévérance.

Je ne sais, Messieurs, si je m'abuse, mais cette pensée que Bouillon-Lagrange exprimait, il y a quarante ans, est encore le rêve de beaucoup de chimistes actuels. Et depuis lors qu'a-t-on fait ? qu'a-t-il fait lui-même dans cette direction ? Il avait signalé l'écorce de saule comme ayant tous les caractères du quinquina, et bientôt, pharmaciens et chimistes, se sont mis à l'œuvre pour y constater les mêmes principes. En 1820, Pelletier et Caventou découvrent la quinine dans l'écorce qui nous vient du Pérou, et, dix ans plus tard, notre écorce du salix helix fournit la salicine à M. Leroux. En 1817, Pelletier et Magendie découvren l'émétine dans l'ipécacuanha du Brésil, et, huit ans après, le même principe ou un principe complétement analogue se révèle aux observations de M. Boullay dans la violette de nos jardins.

Mais pourquoi chercher ailleurs nos exemples, quand nous pouvons les trouver dans ses propres observations?

Reportez-vous à l'année 1811, et suivez-le dans ses expériences sur l'amidon. En lui faisant subir une légère torréfaction, il le voit se gonfler, prendre une apparence gommeuse, et se changer en une nouvelle substance que l'eau dissout facilement. C'est là sans doute une découverte bien simple, et, en apparence au moins, bien étrangère à l'ordre d'idées qu'il venait de développer. Et cependant, Messieurs, songez-y; telle était l'importance de cette simple observation, qu'elle eût pu devenir une occasion de fortune pour tout autre plus soigneux que lui de ses propres intérêts.

Il avait vu que la nouvelle substance pouvait remplacer la gomme arabique dans la composition de l'encre et du cirage, dans l'art de la chapellerie, dans les apprêts de la teinture, enfin dans toutes ces industries où l'on emploie aujourd'hui la dextrine, car vous avez reconnu que la matière gommeuse en question n'était autre chose que la dextrine. Il négligea cependant de mettre son observation à profit, ne pouvant, comme il le dit, se livrer à des affaires de pure spéculation. Ici, Messieurs, permettez-moi d'insister sur ce désintéressement du savant qui, toujours plein de son idée, et voyant enfin se réaliser un de ses rêves, néglige ses propres intérêts pour ceux de la science, et abandonne le secret de sa découverte à la publicité.

Admirons surtout cette modestie, cette simplicité avec laquelle il expose un fait d'observation, que, vingt ans plus tard, Braconnot, Persoz, Payen et d'autres chimistes encore, annonçaient comme une des plus belles transformations de la chimie organique. Ce n'était plus la chaleur qui opérait cette transformation, c'était l'acide sulfurique, c'était la diastase. Mais qu'importe? Le fait en lui-même n'en était pas moins signalé. Et d'ailleurs, Bouillon-Lagrange avait parfaitement décrit les propriétés chimiques de la nouvelle substance. Il avait montré ce qui la distinguait des sucres, ce qui la rapprochait des gommes. Enfin, il ne manquait à son histoire que le nom qu'elle porte, et la propriété qu'elle possède de dévier vers la droite le plan de polarisation; mais alors la polarisation n'était pas connue.

A cette liste déjà si longue de ses travaux en chimie, est-il nécessaire d'ajouter ses expériences sur le sucre de lait, ses analyses de l'eau de mer, son travail sur la manne dans laquelle il trouve le principe cristallisé qu'il appelle manne pure, et que M. Thénard étudia plus tard sous le nom de mannite? Parlerai-je de ses expériences sur le succin, dans lequel il confirme l'existence de l'acide succinique tout formé? de son procédé pour préparer l'éther nitreux, procédé dont l'avantage a été parfaitement reconnu depuis? Dirai-je ses observations curieuses sur le caractère acide des résines? le procédé qu'il donna avec Trusson pour obtenir un éthiops martial d'une composition constante? enfin son beau mémoire sur l'acide malique qu'il étudia en commun avec Vogel? Ce sont là autant de titres qui honorent sa mémoire, et assurent ses droits à l'estime des savants.

Après vous avoir montré Bouillon-Lagrange comme chimiste; permettez, Messieurs, que je vous le montre comme pharmacien. Ce n'est pas qu'il ait réellement exercé la pharmacie pratique, car il n'eut d'officine ouverte que pendant deux ans seulement; mais, par ses travaux comme par ses écrits, il sut lui faire obtenir un degré de considération qu'elle n'avait pas avant lui.

En parcourant les pharmacopées anciennes, une circonstance l'avait frappé. Chaque auteur semblait avoir mis tout son mérite à augmenter le nombre et la complication des formules établies par ses devanciers. Qu'est-ce donc qu'une pharmacopée, s'écrie-t-il alors? N'est-ce qu'un répertoire universel de toutes les recettes successivement vantées par les praticiens? Ou bien n'est-ce pas plutôt l'exposé méthodique et rationnel d'un certain nombre de médicaments auxquels la pratique a reconnu des propriétés constantes? Ouvrons son *Manuel du Pharmacien*. Quelle méthode, quelle clarté! Et surtout, Messieurs, quelle raison! Plus de ces dogmes empiriques qui n'avaient leur source que dans des idées ridicules et superstitieuses; plus de ces formules compliquées qui, loin de porter la lumière dans la pratique médicale, ne portaient avec elles qu'une déplorable confusion; plus de ces prétendus correctifs qui, ne corrigeant rien, ne servaient qu'à étendre et à affaiblir l'action de la substance principale. Simplifier les formules, les présenter dans un ordre méthodique et rationnel, ce sont là les deux points principaux du plan qu'il semble avoir adopté dans son ouvrage.

Si Bouillon-Lagrange n'exerça pas la pharmacie, il ne s'en montra pas moins le défenseur zélé de ses intérêts. Il se distinguait par sa haine contre le charlatanisme, et souffrait de voir que la loi ne fût point armée contre lui. Mais ce que la loi semblait protéger par sa faiblesse, ce que le public alimentait par sa crédulité, il le poursuivit toujours avec ardeur, et dans plus d'une circonstance qu'on pourrait citer, il le combattit avec succès.

Comme médecin, et c'est sous ce dernier rapport qu'il me reste à vous le faire connaître, Bouillon-Lagrange se montra toujours observateur éclairé et consciencieux. Il avait fait à l'école de Desault son apprentissage de l'art de guérir, mais, entraîné plus tard par son goût pour la chimie, il avait négligé de poursuivre ses études médicales, et ce ne fut que plus tard qu'il s'occupa de les compléter. Pressé par les sollicitations de l'impératrice Joséphine qui avait eu plusieurs fois recours à ses conseils, il soutint ses examens à la faculté de Strasbourg, et reçut le titre de docteur en 1806. Dès lors il fut attaché à la personne de l'impératrice, et vous savez tous quelle preuve d'attachement il lui donna dans une circonstance de sa vie qui a été racontée d'une manière si touchante sur sa tombe par l'honorable représentant de l'Académie de médecine.

Messieurs, tant d'ardeur pour les sciences n'avait pas dû rester stérile pour l'enseignement. Et, en effet, il obtint dans le cours de sa longue carrière plusieurs places importantes dans l'Université.

Dans ses premières années, Fourcroy lui avait confié une partie du cours qu'il faisait à l'Athénée de Paris. Plus tard, il professa la physique et la chimie à l'école centrale du Panthéon, dont il devint un des administrateurs. En l'an XIII, il fut nommé professeur de troisième et quatrième classes mathématiques au lycée Napoléon, et, en 1816, il obtint, au collége Henri IV, la chaire de chimie, de physique et d'histoire na-

turelle. En 1817, il couronna ses études scientifiques par le titre
de docteur ès sciences qu'il obtint à la faculté de Paris.

Bouillon-Lagrange faisait en outre partie d'un grand nombre
de sociétés savantes françaises et étrangères. C'est ainsi que la
société libre des pharmaciens de Paris, le lycée des Arts, le
cercle médical, les sociétés de Caen, de Toulouse, de Mont-
pellier, celles de Bruxelles, de Liége, de Bologne, l'Académie
impériale pharmaceutique de Saint-Pétersbourg, et une foule
d'autres dont l'énumération serait trop longue, réclamèrent
tour à tour l'honneur de le compter parmi leurs membres.

En 1820, lors de la création de l'Académie de médecine, il
fut nommé membre honoraire de cette savante compagnie, et,
en 1838, il fut appelé à prendre part aux travaux du conseil de
salubrité.

A l'École de pharmacie, il fut tour à tour professeur, secrétaire, vice-directeur et directeur. Dans toutes ces positions, il
se montra toujours jaloux de coopérer, par son zèle, aux amé-
liorations et au progrès de l'enseignement.

Tel est, Messieurs, le résumé des travaux et de la vie de
Bouillon-Lagrange. Mais ce n'est pas assez de vous avoir montré
combien sa carrière a été remplie. Ce n'est pas assez d'avoir fait
ressortir à vos yeux la direction de ses idées, l'importance de
ses recherches, et les titres nombreux dont il a été honoré.
Souffrez que, pénétrant avec vous dans l'intimité de son existence, je vous signale quelques particularités de son caractère.

Aux qualités de l'esprit, il joignait les qualités du cœur. Il
était doux, affable, d'une bonté caractéristique qui allait par-
fois jusqu'à la faiblesse. Il se faisait remarquer surtout par son
extrême désir d'obliger. Avec quelle expression de bonheur il
accueillait les jeunes gens qui pouvaient avoir besoin de son
appui! Combien de médecins, d'hommes distingués, parmi
lesquels on pourrait citer les noms si justement célèbres de Vogel
et de Dupuytren, ont dû leur avancement à sa bienveillante
protection! A cette qualité si précieuse, Bouillon-Lagrange joignait une modestie si vraie, que cet éloge, quoique fort au-
dessous de ses talents, paraîtra peut-être exagéré à ceux qui ne
l'auront que peu connu. C'est un de ces hommes dont le mérite

ne se révèle que dans leurs écrits, et on pourra dire de lui que jamais il n'a été plus recommandable pour personne, que pour celui qui a été chargé d'écrire son histoire.

Bouillon-Lagrange n'avait aucune de ces passions qui brûlent et détruisent l'organisation. Aussi, grâce à l'extrême douceur de son caractère, grâce surtout à cette régularité qu'il sut introduire dans ses habitudes, il sut conserver toutes ses facultés jusqu'à l'âge de quatre-vingts ans, et s'affranchir de toutes ces infirmités qui affligent ordinairement la vieillesse.

Sa fin fut aussi tranquille que l'avait été la seconde moitié de sa vie. Nul faste, nulle faiblesse, une patience admirable, et une expression touchante de sensibilité à l'égard des personnes qui l'entouraient. Sa dernière pensée fut pour sa famille et pour son fils auquel il ne laissait, en mourant, que le souvenir de sa longue et honorable carrière.

Puisse, Messieurs, ce faible hommage offert à la mémoire de notre ancien maître, ne pas paraître trop indigne des souvenirs qu'il a laissés parmi vous !

H. B.

www.ingramcontent.com/pod-product-compliance
Lightning Source LLC
Chambersburg PA
CBHW061507170626
46811CB00004B/1643

* 9 7 8 2 0 1 9 5 2 8 4 3 0 *